# EPITRE

## A M. DE B***.

### DE LA SOCIÉTÉ PHILANTHROPIQUE,

PAR M. L'ABBÉ DOURNEAU,

De plusieurs Académies, et ancien Curé de Saint-D***.

….Miseris succurrere disco. VIRG.

A PARIS,

DE L'IMPRIMERIE DE MONSIEUR.

se trouve

Chez
{ BAILLY, Libraire, rue Saint-Honoré.
{ GATTEY,
{ DESENNE, } Libraires, au Palais-Royal.
{ GUEFFIER le jeune, Libraire, quai des Augustins.

M. DCC. LXXXIX.

# ÉPITRE

## A M. DE B***.

### DE LA SOCIÉTÉ PHILANTHROPIQUE.



Ô vous qui fécondez nos champs,
Vrai bienfaiteur de la patrie,
Combien vos malheurs sont touchans!
Une nue entr'ouvre ses flancs (1),
Et secondée en sa furie
Par les impétueux autans,
Contre vos épis jaunissans
Elle lance avec des torrens
Une grêle encore inouïe.
  Votre inutile bergerie
Attend les troupeaux bondissans;
Hélas! vos agneaux innocens
Ne paîtront plus l'herbe fleurie.
Épars, meurtris et gémissans,

A ij

Ils expirent dans la prairie :
Que d'infortunés engloutis (2)
Sous les débris de leurs chaumières !
Combien d'inconsolables mères
A la mort demandent leurs fils !
La mort est sourde à leurs prières.

De vos vergers les doux présens
Ne rempliront point la corbeille ;
La pêche odorante et vermeille
Va nous manquer aux jours brûlans ;
Et le corail de la groseille
S'est flétri sous l'effort des vents.
Tristes colons, tendres parens,
Votre moisson vous est ravie :
Que vous reste-t-il ?... vos enfans !...
Qu'ai-je dit ? Princes bienfaisans,
Louis et sa Moitié chérie (3)
Aussitôt à vos cris perçans,
Ont senti leur ame attendrie,
Et par des secours abondans
Ils ont dans vos besoins pressans
Consolé du moins votre vie.
Mais les Rois sont-ils tout-puissans ?.....
Quels désastreux évènemens
Se succèdent dans la nature !

Dieu! quelle mortelle froidure!
Non, jamais l'histoire des temps,
De frimats aussi pénétrans
Ne nous a transmis la peinture.
Messier, oui, tes calculs savans (4),
Exacts autant que respectables,
Peut-être que nos descendans
Un jour les prendront pour des fables?....
   Bons vieillards, foibles orphelins
Quelle est profonde la blessure
Que font à mon cœur les destins,
En comblant ainsi la mesure
Des maux dont vous êtes atteints!
Allez, armez vos mains débiles (5)
D'un de ces instrumens utiles
Qu'inventa la nécessité;
L'ingénieuse charité
Vous offre des travaux faciles
Que craint la seule oisiveté.
Mais non, à des bras plus robustes
Laissez ces pénibles moyens,
Volez vers deux époux augustes (6),
Idoles des bons citoyens,
Et qui, prodigues de leurs biens,
Disent: « Nous ne sommes que justes. »

A iij

PHILIPPE vous ouvre son sein ;
Il vous invite, il vous rassure :
Est-il de ressource plus sûre ?
L'implora - t - on jamais en vain ?
Oui, que l'égoïsme en murmure,
C'est être dieu que d'être humain.

Voyez du fond de vos mazures,
Pour chasser ce froid assassin,
Le Sexe, sous un ciel d'airain (7),
Se ravir ses propres parures,
Et s'applaudir de son larcin.
Imitateur des Borromée,
Courbé sous le poids de nos maux,
Voyez, immolant son repos,
Dans la douleur l'ame abymée
JUIGNÉ prodiguer à-la-fois (8)
Son zèle, son or et sa voix
A sa bergerie alarmée.
Admirez vos pasteurs enfin (9),
Qui pour appaiser votre faim,
Élèvent au ciel des mains pures,
Avec vous partagent leur pain,
Et, pour prix d'un zèle divin,
Souffrent encor de vos murmures.
Pour vous quels tableaux déchirans,

Jeune et sensible philanthrope,
De voir s'abattre sur l'Europe
Tant de fléaux désespérans !
Ici, vingt peuples différens,
En proie aux horreurs de la guerre,
Soupirent des vœux impuissans ;
Et là, naît l'affreuse misère
De la fureur des élémens.
Ailleurs, fuyant les tristes rives
Que les arts animoient jadis,
On voit cent tribus fugitives
Errer dans de nouveaux pays.
O cité que la Saone arrose,
( Quelle étrange métamorphose ! )
Tu demandes tes habitans :
Marbeuf désire ce miracle (10);
Pasteur, il n'y voit point d'obstacle,
Et père, il sauve ses enfans.
Par-tout, déplorable indigence,
Mère du sombre désespoir,
Tu nous fais donc de ton pouvoir
Sentir l'homicide influence !

Soyez touché de nos besoins,
De la France ange tutélaire (11);
Courbés devant un Dieu sévère,

Nous attendons tout de vos soins.

Ah ! loin que je vous exagère,
Fléaux qui pesez sur la terre,
Si je peignois comme je sens!...

Vous dont l'amitié m'est si chère,
Pour charmer ma douleur amère,
Je me rappelle ces accens
Que souvent votre voix profère,
Accens dignes du grand HENRI,
« Que tout mortel est votre frère, »
« Tout honnête homme, votre ami. »
A ce penser héréditaire,
Qu'il est beau d'unir des talens
Dont vous nous feriez un mystère,
Si, malgré vos soins vigilans,
De votre boudoir littéraire
Ne s'échappoient ces vers charmans,
Tels que Lafare et Saint-Aulaire,
Ces illustres insoucians,
Avoient l'heureux secret d'en faire!
Nés dans un siècle plus prospère,
Assis sous des berceaux rians,
Ils chantoient l'amitié sincère,
La renaissance du printemps,
Zéphyre et la rose éphémère.....

Réservons pour des jours plus beaux
Les airs joyeux de nos musettes ;
Le plus joli des madrigaux,
Ne vaut pas le bien que vous faites (12).

## E N V O I.

D'un troupeau cher à ma tendresse,
Ami, je sens tout le malheur;
Je vois de la faim qui le presse,
Et la durée, et la rigueur,
Et je succombe à ma tristesse.
Ah ! tout mon bien est un bon cœur!
C'est lui seul qui, loin du Permesse,
Pour un bercail qui l'intéresse (13),
Dicta ces vers à son pasteur.

# NOTES.

(1) L'orage affreux du 13 juillet dernier. Les voyageurs et les journalistes me dispensent de rien ajouter à leurs récits... *Infandum... renovare dolorem.*

(2) Quèlques pâtres et leurs bestiaux, atteints de cette énorme grêle, furent trouvés morts ou blessés dans la campagne; et, ce que je ne puis garantir, on a dit que des enfans au berceau, et des malades, avoient été écrasés sous les ruines de leurs cabanes.

(3) On a vu avec quelle bonté paternelle, et quelle célérité, Leurs Majestés ont fait distribuer aux malheureux cultivateurs une somme de 1,200,000 liv. et ordonné une loterie dont le produit leur procureroit une pareille somme. *Regis ad exemplum totus componitur orbis;* ce que l'événement a justifié.

(4) Par les observations météorologiques du célèbre M. Messier, il est constant que l'hiver actuel est beaucoup plus rigoureux que ceux des années 1709, 1740 et 1776.

(5) L'hôtel-de-ville a fait ouvrir des ateliers de charité, pour tous les âges et pour tous les sexes; bienfaisance éclairée, au dessus de tout éloge.

(6) Nos fastes conserveront avec reconnoissance le souvenir de tout le bien que répandent aujourd'hui sur l'humanité souffrante, LL. AA. SS. Monseigueur le

duc et madame la duchesse d'Orléans. *Illustres ani-
mæ ! etc.*

(7) Ce fut une dame qui, la première, envoya de
l'argent au Journal de Paris, pour procurer du bois aux
pauvres. On en cite plusieurs qui ont surpassé leur
modèle, en destinant au même objet le prix de leurs
joyaux. Rien de plus sage : la beauté n'a pas besoin
d'ornemens, la vertu encore moins.

(8) Tout Paris a lu avec attendrissement, les
deux lettres pastorales de monseigneur l'Archevêque,
en faveur des laboureurs et des pauvres de son
diocèse. Ce digne prélat a le don d'y communiquer
à toutes les ames son extrême charité. La convic-
tion naît toujours de l'exemple. *Cœpit... facere
et docere.*

(9) M. le curé de Saint-André-des-Arcs a pris
des mesures aussi délicates que généreuses pour secourir
tous ses paroissiens. MM. ses confrères, qui n'ont pas
besoin d'exemple pour faire le bien, ont soutenu cette
haute réputation de dévouement, de charité et de zéle,
qui ont toujours distingué les pasteurs de la capitale.
*Firmamentum gentis, rectores fratrum, sta-
bilimentum populi.* Eccli. 49. 17.

(10) Lorsque M. l'archevêque de Lyon a été nommé
à ce siége, plusieurs familles de manufacturiers man-
quoient d'ouvrage et désertoient la ville. Ce grand

prélat a, par son crédit et sa bienfaisance, arrêté en partie les progrès de cette calamité.

(11) Tout bon François m'a prévenu, et nommé M. Necker.

(12) M. de B***, dans l'âge des plaisirs, a préféré d'avoir une simple chaise à la société philanthropique, plutôt qu'une loge de spectacle.

La vertu n'attend pas le nombre des années.

(13) Puisse ce petit poème intéresser les ames sensibles en faveur de mes pauvres paroissiens, à qui j'en destine le produit. *Quod habeo... do.*